KB274974

# 봄의 물

# 봄의 물

찍은 날 · 2001년 3월 30일
펴낸 날 · 2001년 4월 10일

지은 이 · 류동완
펴낸 이 · 임종대
펴낸 곳 · 미래문화사

등록 번호 · 제3-44호
등록 일자 · 1976년 10월 19일
주소 · 서울시 용산구 효창동 5-421호
전화 · 715-4507/713-6647
팩시밀리 · 713-4805

E-mail · mirae715@hanmail.net
　　　　　 miraebooks@com.ne.kr

정가 · 5,000원

ISBN · 89-7299-207-0 03810
ⓒ2001, 미래문화사

미래시선 113

# 봄의 물

류동완

미래문화사

나의 뒤뜰에
빨갛고 하얗게 핀 저 아름다움을 가리켜
나는 꽃이라 한다


나의 까만 밤하늘에 박혀
금강석처럼 빛나는 저 밝은 빛을 가리켜
나는 별이라 한다


그 꽃과 별 사이에서
봄 여름 가을 겨울을 오손도손 살아가는 우리들을
나는 사람이라 한다

차례


## 제1부 눈꽃




## 제2부 꽃과 별

## 제5부 모란을 보며

# 제1부

·

# 눈꽃

# 눈 꽃

하얀 눈꽃이 훨훨 날고 있다
마치 온 대지를 하얗게 물들일 수 있다는 듯
그렇다
눈은 눈물 많은 골짜구니 바위틈에도
낯설은 산등성이에도 내린다

허욕이 없으니 거칠 것이 없다는 듯

그렇다
봄날의 부드럽고 생기 있는 하얀 꽃잎과
가을날의 말라 버린 낙엽이 그 계절에 맞추어
온 산야에 아무렇게 날 수 있듯
하얀 눈꽃 또한
이 겨울의 허공을 마음대로 날 수 있는 것이다

아무런 욕심을 마음에 담지 않았으니

저 언덕을 쉽게 넘을 수 있다는 듯

# 2월

산은
산새를 불러 나뭇가지의 잔설을 털며
그 산 속의 산새는 미풍을 불러
절벽의 빙하를 녹여내리고 있다
이렇듯 산은
자신이 만들어 낸 반향의 밭은기침 소리로
스스로의 잠에서 깨어나며
이렇게 만들어진 봄의 물살은
경쾌한 걸음으로 계곡을 빠져 나가고 있다
바람은 이미 온 산을
그의 입김으로 간지럽히기 시작했다
누렇게 말라 버린 풀잎도
두터운 외투를 걸쳐 입은 나무들도
아침 기지개를 일제히 켜며
묵은 껍질을 톡톡 털어 내기 시작했다

# 호수 · 2


햇살이 호수 위에 비추이니

노랑어리연꽃은
온갖 것들을 불러모은다
소금쟁이는
물 위에서 미끄러지고
물매암이는
원을 그리며 물 속의 하늘을
맴돌고 있다

산을 넘어온 작은 바람은
물의 귓불을 간지럽히고
좀처럼 제 모습을 드러내지 않는 뻐꾸기는
그 명쾌한 목소리를 산울림하며
찬란한 호수의 아침을
한가롭게 만들고 있다

# 족문을 보고

남들보다 더 모질게 산 탓일까

이제는 몸 하나 성한 데 없다
심지어는 딱딱한 발바닥에서
굳은살까지 자라나고 있다
자라나면 잘라내고 자라나면 잘라내고
그런 일이 가끔 이루어지던 어느 날
아니, 면도날로 베어 낸 굳은살에도
문양이 새겨져 있다니
깊게 자르면 자른 대로
안 자른 부분의 문양과 잘 이어져
처음처럼 똑같이 자라나고 있다니

썩은 부분을 칼로 자르고 지우개로 내 이름을
빡빡 지운다 하여
나는 내가 아닐 수가 없는 것이다

# 나리꽃
-나리분지에서


머리를 틀어 올리고
임 기다리네
아침 햇살 점점이 뿌리며
산 넘어오신다는 임
기다리네

당신은 지금 어느 산길 따라
이리 더디게도 오십니까
배낭을 맨 먼저 왔던 많은 사람들
모자 눌러 쓰고 물을 채워
더 먼 곳으로 길을 떠나면

나는 한 송이 흔들리는 꽃이랍니다
나는 한 송이 목이 마른 꽃이랍니다

저녁 하늘에 일렁이는 구름은
딸기빛으로 물이 드는데
난 아직도 머리를 풀지 못하네
난 아직도
별을 헤지 못하네

# 벼

모내기 끝나고 세이레나 되었을까
땅맛을 느끼기 시작한 모들이 무척 신나는가 보다
바람 불면 일제히 고개를 숙이며 깔깔대고
비가 내리면 어깨를 들썩거리며 온몸이 자지러진다

깔깔대다가 자지러지고 깔깔대다가 자지러지고

여름 지나 가을이 오면
바리캉으로 둘러깎인 예닐곱 소년의 머리처럼
까칠까칠한 열매를 서로 비벼대며
햇살 속에서 겸연쩍어할 것을 생각하니

# 스티로폴

비가 오는 계곡 물 가장자리에
손바닥만한 스티로폴 하나 떠 있다
거침없이 내려오는 물줄기에 휘말려
떠내려갈 듯
떠내려갈 듯하다가도
결국은 그 자리에서만 맴돈다
아마 앞으로도 더 빠르고 많은 양의 물이
가장자리를 덮치어 밀어 내릴 때까지
그 자리에서만 맴돌지 모를 일이다

나는 지금 내 생애의 어디쯤에서 그 자리를 맴돌고 있
는 것이냐

# 소나무

백설을 어깨에 지고서도
어떻게 타협해 볼 생각이 없습니다
가령, 적당히 내린 눈을 바람에 날려보낸다든지
가는 잎사귀를 벌려
땅바닥에 떨어뜨려 본다든지 하면
가벼웁게 겨울을 보낼 수도 있으련만
많으면 많은 대로 적으면 적은 대로
묵묵히 저 혼자서
느껴지지도 않을 미미한 체온으로
겨울 눈을 녹이고 있으니
무엇이 소나무를 그토록
질기도록 만든 것일까요

산은 산이요 물은 물이다라는 진리를
깨우침으로 들려주다 가신 성철 스님이
누더기 옷 한 벌로 이 세상 녹이며
살다 가신 덕분으로
그런 분들의 향기가 지금까지 전해지는 것은 아닐까요
어찌 보면 어깻죽지 하나로도
겨울을 시퍼렇게 버티고선
구도자와 같은 노력이 있었기에

소나무는 죽어서도 그 향기를
오래도록 잃지 않는 것이 아닐까요

# 강천산에서

맑은 물줄기를 따라 간다

속살이 드러나 보이는 물 속의 하늘을 보며
길을 돌아서면
산 속에서의 햇살은 마른 나뭇가지 사이에서
더욱 눈부시게 밝기만 하다
언제쯤이면 흐르는 물처럼
이 고운 심성 지닐 것이며
언제쯤이면 밝은 햇살처럼
이 정신은 하늘로 트일 것이냐

없는 자가 없는 자를 더 생각해야 한다는
가르침처럼
헐벗은 산이 헐벗은 산을 더욱 이웃하고
마지막 남은 생명수까지 보시의
봄빛 웃음으로 미련없이 흘려보낸다
모든 것을 내어주고도 아무렇지도 않는 표정이기에
저녁이 되면 안개는
오래 된 이웃처럼 산을 더욱 에워싸고
온 산야에 입김을 불어 새로운 꿈길을 만든다
이제 곧 꽃은 피리라

산비알의 진달래가 얼굴 붉혀 피고
감나무의 연두색 잎이 다정하게 고갤 밀면
산새는 언덕을 타고 내려와 가지 위를 날으리라
굽이굽이 물길을 따라 흐르는
때죽나무의 하얀 꽃망울은
하늘 내린 산의 아침을
더욱 향그럽게 하리라

# 갯 벌

푸른 물결 출렁대던 파도 다 어디 가고
그 물결 가르던 고깃배 따라
햇살처럼 빛나던 갈매기 다 어디로 떠나 보내고
이제는 퀭한 눈빛만 번득이고 있느냐

그렇구나, 너는 저 먼 바다 밖으로 머릴 박고 있었으면
서도
불평 없는 세월을 보냈구나
너는 만신창이가 다 된 몸뚱어리로도
끊임없이 새 생명을 키우고 있었구나

# 제2부

·

# 꽃과 별

# 이 념

나의 뒤뜰에
빨갛고 하얗게 핀 저 아름다움을 가리켜
나는 꽃이라 한다

나의 까만 밤하늘에 박혀
금강석처럼 빛나는 저 밝은 빛을 가리켜
나는 별이라 한다

그 꽃과 별 사이에서
봄 여름 가을 겨울을 오손도손 살아가는 우리들을
나는 사람이라 한다

# 농부·1


-원평 작은아버지

햇살이 빛나는 시월의 밭 언덕
새벽부터 시작된 가을 노동은
해거름까지 계속되고 있다
경운기는 거친 호흡으로 고랑을 넘고
그 경운기 따라, 밭에서 골라낸 자갈을 싣는 허리가
굽혔다 폈다하기를 수백 번
서산에 해 지고 동산에 달 떠오를 때
원평 작은아버지의 허리는 어느새
한 자루의 굽어진 낫이 되었다
어둠 속에서도 빛나는
한 자루의 굽어진
하얀 낫이 되었다

# 농부·2


한 해는 콩과 옥수수를 심었다가
한 해는 특작으로
땅콩을 심었다가, 김장용 배추를 심었다가
또 한 해는
서울서 내려온 아드님의 뜻을 받들어
노지 하우스 수박을 심었다가
재작년엔 한 그루에 이천 원씩
인건비 포함하여 삼천 원씩 하는
백여 그루의 감나무를 심었다가
그것도 신통치 않았는지
올해는 그 감나무 다 뽑아내고
하루에 삼십만 원하는 포크레인 불러
이틀 동안 논을 만들더니
논에 물 잡아 놓고 눈빛이 반짝이더니
그 논물이 햇빛에 반짝이더니

# 보 리

긴 겨울 동안
눈 한번 비벼 보지 못하고 살았다
멀리서 잿빛으로 산을 넘어온 바람이 여지없이
산야를 할퀼 때쯤이면
두터운 얼음장 같은 대지의 방바닥에 누워
난 온 밤을 홀로 울어야만 했다
이 세상 태어나 어둠 붙잡고
안 울어 본 인생 있을까마는
내 삶은 내 삶이로되 내 삶이 아니었던 까닭에
맘놓고 속시원한 울음 한번 울어 볼 수 없었던 까닭에
핏빛 속울음 안으로 삼키며 삼키며
장마보다 더 지리한 겨울강을 건너오는 동안
난 홀로 다짐했네
차가운 겨울 바람에 이리저리 뒤집히며 게딱지처럼
눈비 맞으며
설설 기며 살아온 인생이지만
아직 내 맘은 농부처럼 푸르다고
금방 쓰러질 것 같은 상처난 농부이지만 오천 년을
가느다란 등허리로 버티어 온 농부처럼
나 또한 이 산야를 더욱 푸르게 할 수 있다고
그 누구보다도 헐벗은 사람을 살찌우게 할 수 있다고
아니 살찌우게 하여야 한다고

겨울강을 건너오는 동안 난 홀로 다짐했네

지금 나는 사월의 대지를 물들이고 있네

# 꽃 씨

너무 듣다 보니 생경하지도 않지만
아이 엠 에프는 우리 고장의 이웃에게까지
아픔을 몰고 왔다
극단적인 죽음과 그 죽음이 주는 순간의 고통
어찌 이겨내려고 죽음을 택했을까

멀리 일천 이백만의 수도 서울의 빌딩은
너나없이
가벼운 봄바람으로도 흔들린다고도 하고
순대 속 같은 지하철의 경적 소리는
그 파리한 이상음으로
시대를 아파한다는 전설 같은 얘기도 들린다
고통은 이제야 시작이라는데 앞으로는 얼마나 더한
사상자로 우리를 우울하게 할 것이냐
언덕과 언덕을 이어주는 다랑이가 싫어서
머슴 산 할아버지의 만년의 상투자락이 미워
눈 비비고 뒤도 돌아보지 않고
새벽 길을 떠났다는 사람들

죽어서야 여섯 자짜리 관만 등에 지고
고향 돌아오면
관을 부숴 버려야만 하나

슬픔으로 눈물을 흘려 주어야만 하나
죽어서도 고향은 고향이라고 무덤가에
꽃씨라도 뿌려 줘야 하나

# 석수장이 오수 어른

방장산 장군봉에 흰눈 내리던 날
이웃 동네 어르신의 가족 애기를 듣는다
그 옛날 어르신은
이곳 저곳 불려 다니시며
유명한 사찰과 성벽의 담만을 쌓아 오신
이곳 전라도 고을에서는 제법 알아주는
대석수장이셨다는데
이제는 그 유명세도 멀리하고
저 세상으로 가셨다 한다
내 집 바람막이 돌담 하나
반듯하게 쌓아놓지 못하고
남의 집 좋은 일만 해주시다
가셨다 한다

# 두상이 아저씨

두상이 아저씨는
까바등 마을의 맨 윗집에 산다

산에서 흘러내리는 물길이
맨 먼저 닿기도 하고
영광 원자력 발전소에서 시작된 고압선이
이 마을에서 가장 가깝게 지나가는 집
그 흔하디흔한 좌청룡 우백호가 되어줄
다른 집은 없고
두상이 아저씨의 집이
남의 집 좌청룡 우백호가 되어주는 집
받는 것보다 주는 것이 더 많은 집
하기야 지난번 여차여차해서 아저씨 댁에 들를 때
칠십의 나이에도 담장에 훌쩍 오르서서
살구나무 가지를 꺾어 그 빛나는 열매들을
내 가슴에 안겨 주었지
그런데 가만있거라 그 아저씨네 집
뒤편 산자락 밑으로 내 눈에
파아랗게 스크랩되는 축사 하나가 생겼는데
올 여름 파리떼 모기떼 생각은 안하고
동네에 젊은 사람 하나 들어왔다고
싱글벙글하시는 두상이 아저씨의 얼굴이

막 익어 가는 장마철 살구의 때깔보다
더 곱게도 피어올랐다

# 비닐 하우스

몸 달궈 열을 만드는
자동차 도색용 재래식 열풍기가
상갓집 비닐 하우스에서 빨갛게 빛난다
사람들은 삼삼오오 모여 화투를 치고
길다란 술상에서는 맹인을 이야기하고
재치와 긴장으로 반복되는 왁자한 윷판은
자정이 가까워 오면서 분위기가 더욱 무르익었다
지금도 어깨 너머 윷판에서는
긴장된 웃음과 고요가
엎치락뒤치락을 반복하고 있다

그러한 곳을 빠져 나와
엷은 눈이 깔린 시내를 벗어날쯤
눈발이 윈도 브러시에서 미끄러지기를 십여 분
시내를 벗어난 차가 달려가다 멈춘 곳은
시 외곽에 있는 친구의 계사鷄舍였다

놀라워라 그 많은 생명들
비닐 하우스 문을 젖히고 들어간 계사 안의
그 온기
노랑과 검정색 병아리들이 열기구와
잘 혼합하여 만들어 낸 그 부드러움

실내 온도를 체크하며 마지막 동에 다다랐을 때
이 동棟에서의 병아리만 갓 모양의 열기구 주변에서
몸을 낮추어 모여 있었는데

삶에 지친 농부들이 머리띠를 두르고
공판장에 모여 서로를 지키려고 스크럼을 짜듯
병아리들은 열기구 주변으로 모여들어
서로의 겨울 밤을 지켜주고 있었던 것이다

이윽고 친구는 더 강한 불로 열을 높여 주자
병아리들은 작은 몸을 털어 가며
널따랗게 자리를 옮겨가는데
부드럽고 귀여운 병아리들이 잘 자라나서
눈발 속을 달려온 희망이 무참히 꺾이지 않기를
농장을 빠져 나오며 나는 마음속으로 기도했네

# 길

길을 간다
세상의 모든 사람들은 길을 간다
아침에 점심에 저녁에
이루기 위하여 이룩하기 위하여
할 일을 마치기 위하여
마치고 귀가하기 위하여

시계추처럼 나서는 내 이웃집 어물전 아줌마의
새벽길도 아름다운 길
잠든 아들놈의 별빛을 줍다 돌아오는
청소부 아저씨의 아침길
이웃집 애기 업고 병원으로 달려가는
내 아내의 이마에
송골송골한 땀방울이 배인 오후길
밥줄이 달아날까 봐 전전긍긍하며
자리 지키다 퇴근하는
어쩔 수 없는 한국 근로자의 때늦은 밤길도
눈물겹게 아름다운 길이다

길을 나서서 길을 따라서 길을 물어서
흘러왔던 너와 나는
내 인생의 가장 중요한 이웃
어디로 난 길이었느냐가 중요하지 않다

시골 초등학교로 이어지는
우리네 보리밭길도 아름답고
그 보리밭길로 이어지던 내 어머니의
눈물꽃 피던 굴곡진 산길도 아름답고
노심의 빌딩숲을 가로지르는 강물에
하얗게 아카시아 핀
그 빌딩숲을 이어주는 어둠의 골목길도 아름답다

내가 돌아가고 싶어 귀가하는
이 길도 아름다운 길이요
내가 소리없이 눈감으며 영원히 가야 할
붉은 노을이 그윽한 품으로 나를 게으르게 감싸는
내 인생의 마지막 가는 길도
정말 아름다운 길일 것이다
가다가 놀란 눈빛으로 움찔 뒤돌아볼지라도
꼭 가야만 될
진정 아름다운 길일 것이다

# 삼창에 가면

삼창에 가는 길은
그리 어렵지 않다
버스를 탄다든지 택시를 탄다든지
아니면 혼자서 걸어갈 수도 있다

삼창에 가면
두 눈 부릅뜬 문어발이 햇살 기둥을 타고 오른다
삼창에 가면, 속이 훤히 들여다보이는
푸른 물에서도 붉게 투영되었던 가을날의
잘 익은 대추가 있다

삼창에 가면
막걸리와 막걸릿잔 앞에서 김이 모락모락 나는
화순옥의 순대가 있다
순대국밥을 앞에 두고 싸우는 앙칼진
목소리의 여자가 있다
대꾸하기 싫다고 고갤 저미는 남자를 바라보는
삼십대 여자의 하얀 허벅지 살이
어울리지 않게 상큼하게 웃고 있다

삼창에 가면
좌판을 깔고 앉아 있는 사람도 부단히 몸을 움직이고
서 있는 사람도 움직이고

바닥을 훑고 지나가는 바람에 흔들리는
연탄 난로의 불빛도
가난의 상징처럼 푸르게 움직이고 있다

삼창에 가면
방금 물에서 건져 올린 미나리를 손질하다가 불을 쬐는
육십이 넘은 할머니의 투박한 미소가
주름진 꼬막 껍질처럼 단단하게 웃고 있다

# 폐허 속에서

태풍이 지나간 자리마다
폐허다

산은 몸을 부린 채 짐승처럼 신음하고
그 산 속의 나무는 목이 꺾인 채
겁에 질린 하얀 표정이다
이삭이 패기 시작한 조생종 벼는
일어설 기미가 없어 보이고
옥답의 찢겨진 비닐 하우스는
바람 앞에서 몹시도 어지럽다
나도 무력해진다
마음이, 부러진 나뭇가지처럼 흔들리는데
무너진 돌담 밑에선 장미꽃 봉오리가
아침 햇살 속에 단단히 맺혀 있다

# 금밭등

풍년초 핀 들길을 건너갔다
종달새 우는 개울을 건너갔다
그렇게 산길을 걸어 들어갔다
밭 주인의 성격만큼 잘 다듬어진
숲속의 밭에 다다랐을 때
우리는 계획된 몸놀림으로
밭이랑을 헤쳐 나갔다

나는 정적을 훔치는 침입자였다
나는 뒤를 어지럽히는 난봉자였다

이랑에서 이랑으로 발을 옮기고
두둑에서 두둑으로 손을 더듬으면
햇살 고운 모래가 쌓인 개울에서
꿈틀대는 싸릿대 연기는
어린 날의 연가마냥
아른아른 아지랑이처럼 피워올랐다

지금은 서울에서 잘 나간다는
일본 관광객 가이드가 된 동네 형님과
풋감자처럼 웃던 그 밭

그러나 지금은 주인 잃은 밭이 되어
잡초더미만 죽어라고 우거졌다

# 가평리·1

우리는 이곳을 떠나믄 안 되야
갈 사람 가고 남을 사람 남고 그러는 거여
여덟 시 막차가 비탈진 고갯길을 올라서면
아직 마르지 않은 흙 냄새 풍기는 거친 손으로
한낮 파리떼가 들끓었던 무말랭이를 안주삼아
코밑 수염 쓰다듬으며
어둑한 주막에서 막걸리만 들어부었다

마을 영감은 지난주도 그 지난주도
여덟 시 막차가 덜컹대며
어둠과 함께 비탈에 오를 때면
가게 옆 쓰레기 더미에 리어카를 밀어넣고
눈곱 낀 실눈을 뜨고 허공에 삿대질만 해댔다
우리는 이곳을 떠나믄 안 되야
갈 사람 가고 남을 사람 남고
번개가 우르릉 쾅 혀도
내 터 지키는 거여
경운기 시동 꺼져 가는 거친 소릴 내면서
가로등불 밑에서 무릎 꿇고
삶에 지친 방뇨를 한다

영감네의 기어 들어가는 신음 소리가

땅 맛을 안 벼 고랑 사이로 묻히면
붉은 얼굴의 농부 같은 달덩이는
주막집 그을린 처마 끝에서 빙그레 웃는데
영감 찾아온 할멈은
에잇 에잇! 아고 아고!
그렇게 진작 다 팔고 자식놈 따라가 살았으면 되았잖여
돌담길 모퉁에서 가슴 치며 말라 버린
무말랭이 마냥 흐물대며 쓰러졌다

다음날도 이른 아침
지난주 그 지난주처럼
열풍이 돋아나는 구불구불한 논두렁에서
뜯은 풀을 벼 고랑 사이로 밀어넣으며
올해 농사 잘 될 거여 하는
달구이진 구릿빛 영감의 얼굴은 몹시도 환했다

# 가평리 · 2

느티나무 모정에서 허리를 펴며
젖은 가슴 젖은 세월로 살아온 노인네
변치 않는 모습과 어눌한 말투로
어젯밤 꿈속에서
자네 아버님 나허구 얘기했네 하는
잃어버린 시간들을 다시 찾게 해주는 곳

동네 어귀를 한 바퀴 돌아 나온 도랑물은
시골 인심처럼 넉넉히 흐르는데
송사리떼가 물을 타는 빨래터에선
아낙네들의 방망이 소리가
탁탁탁탁 잠자는 개구리들 깨우는
굳어 버린 내 마음을 한없이 녹이는 곳

무논에 모내기가 끝나고 시냇가에 장마가 지면
맘씨 좋은 이들과 그물도 뿌리고
방장산 장군봉에 흰눈은 내려
가는 눈발이 언덕에서 금가루로 빛날 때면
새끼줄로 동여맨 검정 고무신은
타박타박 겨울 무지개 꿈 가슴속에 틔우던
여름과 겨울이 번갈아 가며
어린 싹을 키우던 곳

무궁화 울타리 남새밭에는
상추와 쑥갓, 푸성귀가 오늘도 자라고
쓰다 버린 누에섶에 오른 호박순은
어슬렁어슬렁
이 밤도 담장을 잘도 타는
피어오르던 아지랑이의 선홍빛 추억이
진달래꽃으로 물들이던 곳

제3부

·

# 방장산에서

# 봄의 물
-Gaston Bachelard의 〈물과 꿈〉에 부쳐


1
해가 지고
별은 하늘에서 돋는다
바람은 대지를 적시고
그 대지가 키워낸 나무들의 귓불마저
간지럽히자 이제 서서히
땅이 풀리기 시작한다

거기에서 물은 자연스럽게 자라난다

산꼭대기를 출발한 바람이
계곡에서 자연스럽듯
바위틈 풀뿌리에서 시작한 물은
또한 그곳에서 유연하다

눈빛으로 별들을 유혹하며
입김으로 아침 안개를 만들면서

2
계곡을 타고 내리던 물은
이제 적당한 웅덩이에서
잠시 멈춰 선다

설핏 지나가는 햇살에 눈웃음 짓기도 하고
동행하던 바람 소리에 고개를 갸우뚱도 하면서
흘러가는 구름과
소박한 손을 내미는 여린 나뭇가지들을
온몸으로 붙잡는다

이제 서서히 그는
거울이 된다


3
꿈으로 이어진 길
먼 하늘의 우레는
그의 기억 속에서만 가물댄다
바람 소리도 들리지 않고
두근거리던 심장 박동도
그 무엇을 위한 시간처럼
잠시 경건해진다. 그 순간 거기에서 달은
멱감는 여인처럼
그의 알몸을 하얗게 드러낸다


달은 자신의 몸을 부드럽게 매만지며 잠시
물에 드러눕기도 하고
물에 기대기도 한다

달의 이런 성스런 아름다움에 도취한 숲속의 나무들은
호흡을 가다듬고
긴장과 고요로 바라본다

그러나 달은 한 점 부끄럼이 없다


4
달이 산머리에 불끈 솟아오르자
숲속은 이내 소란해지기 시작한다
둥지 속의 새들은 날개를 움직여
낮의 비행을 잠시 만끽하기도 하고
새롭게 태어난 바람은 소년처럼
골짝으로 내리달리기 시작한다
언덕은 은빛으로 반짝이고
게으른 눈만 깜박이던 부엉이는
저공으로 밤의 비행을 시작한다

이제 온 숲속은
야간 투시경 속의 무대가 된다.

# 용추폭포

여름 비 그치고 나니 마당 볕이 다스하다
매미 소리 높아 가니 땀이 절로 묻어난다
용추동 시원한 계곡 물이 아리삼삼 그려진다

하얀 물줄기가 우르릉 쾅 우르릉 쾅쾅
거침없이 쏟아낸다 천근 무게로 부서진다
잠든 땅 귀를 때린다 지축을 울려 댄다

바람이 아니 불어도 안개 절로 피어난다
안개 절로 피는 곳에 나뭇잎도 파릇하다
일천척 일촌광음으로 후려치는 용추폭포

이는 물줄기가 삼천 척은 아니더라도
구천에서 쏟아진다는 그 은하가 아니더라도
자줏빛 안개 피어나는 그 모습만은 같을레라

물은 지축을 흔들고 지축은 나를 흔드니
이보다 더 큰 떨림을 어디에서 느낄 수 있을까
눈감고 하늘을 날아 방장산 정상에 나는 섰네

# 방장산에서

동東으로 보면 내장산이요 서西로 보면 선운산이요
남南으로 보면 문수산이요 북北으로 보면 모악산이라
이 길로 선운에 들어 동백꽃 사연이나 담아 볼까


동으론 황룡강의 서로는 주진천의 발원이 되고
남으론 평야를 펼쳐 보이다가 북으론 다시 동진의 발원
이 되니
님의 뜻 온전히 받든 산하 풍족하다 우리네 살림


손 그늘 만들어 가며 아득히 바라보니
흥덕 너머 줄포 너머 산 끝자락이 격포일레라
왜 그리 멀기만 했을까 한눈에 다 드는 산하인걸


산에 올라 내려다보니 장안이 따로 없다
더할 가加자 평할 평平자 가평 마을이 장안이라
예부터 큰 태풍은 피해 간다는 복된 말이 전해 온다

# 신재효

오동잎 잎새마다 달이 진다 달이 뜬다
너는 시를 읊고 나는 밤새 잔 비우고
취하다 다시 깨고서도 잔 속의 달을 다시 본다

잔 속에 달이 들어 덩그러니 춤을 춘다
하늘에 떠있는 달이 어느 사이 들었을까
잔 잡고 달을 보지만 그 달 속에서 너를 본다

도리화 도리화 도리화를 구경 가세
스물네 번 바람 불어 만화방창 봄이 되니
도화는 곱게 붉고 외얏꽃도 희도 흴사 *

여덟 팔자 나비눈썹 서귀인의 그림인가
환환한 두 살작은 편편행운 부딪치고
이슬 속 붉은 앵화는 번소가 아닐런가 *

춘향가는 열녀를 심청가는 효자를 만들고
박타령은 부자를 가루지기타령은 사람을 만들지만
도화야! 오늘은 시원한 적벽가 한 소절 땡기고 토끼 신
세타령이나 들어 보자

어화 부채는 네가 잡고 둥둥 북채는 내가 잡던

어화둥둥 어화둥둥 밝은 달빛이 서러웁던
오동잎 지는 소리에 가을밤이 깊어만 가던


*세 번째 수와 네 번째 수는 신재효의  〈도리화가(桃李花歌)〉 부분

# 모양성 · 1

방장산 상상봉에 달이 뜬다 임이 뜬다
달님이야 내 임이지만 그대 임은 어디에 있나
모양성 성문을 여니 산 그림자만 출렁이네

두둥실 달이 뜨니 하늘 우러러 노래하네
노래하며 사는 사람 어이 선치 않으리요
노동가 농가월령가 다시 부르는 풍년가

노송에 부는 바람 소나무송 솔솔 바람
청죽에 치는 바람 뼛속까지 시원쿠요
싸락눈 내리는 겨울이 성문 앞에 와서 섰네

단종 제위 원년元年이란다 자연석의 성벽이란다
아름다운 어린 님은 가고 찬바람만 불어오니
억장이 무너지는 그 폐위 무엇으로 달랬을까나

사람이 사는 세상 어이 한이 없을 건가
바람 불고 눈 내리고 또다시 싹은 돋지만
아서라 돌아보지 마라 지나온 길 후회 마라

# 모양성 · 2

해를 기다려 본 적이 있느냐 등양루登陽樓가 묻는다
오동나무를 키워 본 적이 있느냐 진서루鎭西樓가 묻는다
아니면  어떤  길을  걸어왔느냐고 공북루拱北樓가  예의를
갖추어 묻는다


공북루에 올라서니 등양루로 가라 한다
해 뜨는 등양루에서 진서루로 가라 한다
머리 위 돌멩이 하나 얹고 쉬엄쉬엄 가라 한다


답성놀이 한 바퀴면 다리병이 없어지고
답성놀이 두 바퀴면 무병장수 한다 하고
세 바퀴 땀을 흘리면 극락승천 한다는데


하늘 찌르는 맹종죽에 가을 햇살이 눈부시다
곧게 자란 나무라야만 빛이 내린다는 말씀인가
가늘게 손 내밀어도 햇살은 늘 먼 곳에 있네


저 맹종죽 마디마디는 황금비가 될 수 있을까
황금비의 맨 끝마디는 소실점이 될 수 있을까
맘놓고 머리 디밀어야 할 영혼의 경계가 될 수 있을까


효험 있어 좋다 하는 길영천吉靈泉이 여기 있다

졸졸졸 흐르는 약수 한 입 베어 하늘 보면
대각이 따로 있다더냐 자연 속에 묻히란다

# 내장산 · 3

서래봉을 향한 겨울 산행이 눈부시다
하이얀 날숨들이 아침 안개를 만들면서
겨울산 온 내음들을 느끼느라 바쁘다

서릿발 내린 바위 아침 햇살이 고요로운데
올라선 서래봉은 기암 괴석으로 가득하다
겨울산 겨울 산하가 한눈에 들어온다

세세구비 골짝마다의 외딴집들이 한가롭다
포플러 가지 사이로 아침 연기도 피어오르고
차들의 빠른 질주가 영화처럼 여유롭고

까치봉 북동쪽의 먹뱀이골에서 시작되는
동진강의 발원지가 바로 발밑이 아니던가
정읍을 비단폭처럼 감고 도는 자랑스런 젖줄일레

# 전군가도 全群街道

어느 화가의 아름다운 영혼이 있어
허허로운 이 벌판에 꽃그림을 그렸을까
가도 가도 끝이 없는 전군가도 백리 길
벚꽃은 쉬임없이 담홍으로 물이 들었네
내 아버지 담금질하던 봄비 때문이었을까
발끝까지 저려들던 아픔 때문이었을까
저 멀리 사월의 대지는 초록으로 물이 드는데
나는 이 자리
이 봄의 꽃길에서
꿈 같은 너를 그리다가 시린 눈을 감는다.

어느 사랑의 애타는 기다림이 있어
넓고 넓은 이 벌판에 꽃터널을 만들었을까
달려도 달려도 끝이 없는 전군가도 백리 길
벚꽃은 마음처럼 담홍으로 물이 들었네
내 어머니 흔들어 대던 눈물 때문이었을까
손끝까지 스며들던 남풍 때문이었을까
저 멀리 하늘 끝자락은 보랏빛으로 물이 드는데
나는 이 자리
이 봄의 꽃길에서
꿈 같을 너를 그리다가 시린 눈을 감는다.

제4부

·

# 수숫대

# 12월

잿빛 하늘

꿈꾸는 듯 흩날리는 눈발
오래된 날들의 기억처럼
발걸음 빠른 사람들은 먼 불빛 속에서
안개 걸음으로 강을 건너고
나는 투병중인 친구를 위해
한 다발의 꽃을 산다
꽃은
새로운 삶을 기약하자는 것
간절한 마음만큼
새로운 삶을 기약할 수도 없는 위안 같은 것

그러나 꽃이 어둠 속에서는
끝내 꽃이 될 수 없다

# 표 류

하늘엔 섬광
주위는 어둠
눈발은 얽힌 가시처럼 날리는데
겨울 바람 속의 흔들리는 갈대는
꺾여진 스물여섯의 눈물 속에서 물결쳤다
전우의 바랜 군복에서 젖어나는
따스한 등의 체온을 느끼며
삶에 대한 미련도 버렸다
전선에 내리는 눈이 이마와 콧등에서 시원했다

빨간 혈액이 빠져 버린 의식은
향연처럼 가벼워지고
팽창된 한랭 전선 속에서 영혼은
실오라기처럼 대지의 능선 위에 늘어졌다

정적 속에서
자작나무의 부스럭거리는 소리가 심장을 파고
숲을 헤매는 단테 알리기에리의 모습처럼
고뇌의 안개 낀 골짜기에 서 있었다
나는 안개 속에 돋아난 섬들을 향해
들을 수 없는 독백의 울부짖음을 계속했다

쫓기다 뒤돌아보는 서러운 짐승의 눈빛으로
연기가 피어오르는 마을을 생각하며
말라 버린 겨울나무 숲 속에서
작은 영혼으로 서성거렸다

지금도
서러운 눈빛은 계속되고 있다
허기진 메아리는 하얀 혀끝에서만 맴돈다
가랑눈은 내리고 날은 저문데
말라 버린 겨울나무 숲 속에서
작은 영혼으로
계속 표류하고 있다

# 영안실에서

종일토록 비가 옵니다

간밤부터 여릿여릿 내리던 비가
좀처럼 개일 생각을 안합니다.
산다는 게 무엇인지 정말 몰라서
바람에 시달리는 빨간 맨드라미만
물방울을 따는 금붕어의 몸짓으로
하루종일 바라봅니다

영안실 지붕 위의 흐린 구름은
겨울 철새들처럼 떼지어 도는데
아직도 하얀 가운을 걸쳐 입은 사람들의
빠른 발자국 소리가 들립니다
어떤 이는 헬기로 실려와
응급실에 들어갑니다
그리고 천둥 소리보다도 더 엄숙한
의사의 판결이 내려지면
의식이 떠나 버린 사자死者는
어김없이 영안실로 향합니다

오늘도 많은 이야기꽃이
시간을 접어두고 피어납니다

빨간 등산화 신고 가뿐가뿐 산보하던
중년 남자의 갑작스런 죽음을 이야기합니다
하얀 치마저고리 입고
사뿐사뿐 찬송하던 예배당 아가씨의
굳어버린 안구眼球를 이야기합니다
늘 그랬던 것처럼

내리는 비는
빨간 맨드라미를 흠뻑 적시는데
진종일 사자 주변에서
겨울 철새처럼 서성거립니다

# 사 슬

들길을 걷다가
길다란 목을 땅에 드리운 채
빛나는 사파이어의 눈을 가진
한 마리의 꽃뱀을 보았지
가벼웠던 발걸음은 떼어지지 않았고
온몸엔 전율이 일고 정신은 아찔했지
그 길다란 목이 널름거리는 혀와 함께
번개보다도 빠르게 허공을 훔쳤을 때
사방은 풀벌레 소리도 없었어

넙죽한 뱀 대가리 양 어금니엔
물갈퀴 달린 뒷다리만 쭈룩 뻗어
찢겨진 문풍지처럼 떨고 있는 것은
한 마리의 개구리였어
한번 삼키자 목이 부풀고
또 한번 삼키는 듯 길다란 목을
내밀었다 짧게 당기었을 때
뱀의 몸통 속에서 개구리는
꿈틀꿈틀
미끄러져 내려갔지
물론 아무 신음 소리도 들리지 않았어

아프리카 코브라의 몸통이 된
살기 있던 꽃뱀은
빛나는 유월의 들녘을 힐끔 보더니만
아무 일 없었다는 듯이 유유히
어디론가 사라져 버렸어

그리고 가을
황금벌판이 물결치는 어느 날
먹이사슬의 들녘을 우연히 다시 찾았을 때
중절모를 쓴 낡은 허수아비만
비스듬히 서 있었어
사랑과 미움의 표정도 없이 너른 황금 들녘을 바라보며
여러 가지를 생각하는 거였어
토인비의 눈동자를
아버님이 남겨 주신 지도를
그러한 생각을 하는 허수아비 주위를
나는 종일토록 맴돌았지

# 신입생 유치

거울 앞에서
아내가 다려 입혀 출근시킨
양복 단정히 하고
중학교 3학년 학생 전화번호 적힌 수첩을
가슴에 넣고 교문을 나서면
나는 어느덧 파아란 하늘에 잠긴다

충정로와 관통로를 지나
내장동 시기동 정일동 골목을 얼마나 돌았을까
우회도로 가로등이 어둠을 손질할 때
200㎖ 우유 한 컵으로
슈퍼마켓 탁자에서 저녁을 때우고
양파와 우거지가 널려 있는 거리에서
학생 모집 가정방문을
밤까지 계속하고 있다

불고기 타는 냄새의 질펀한 거리를 따라
여지껏 찾던 집 들어서면
정 많은 학부모님 내놓은 음료수
마다할 수 없어 마시고 또 마시고
벌써 여러 잔째인데
급한 볼일 참아 가며 묵은 방 도배하듯

있는 말 없는 말 열심하다가
시장기 알리는 배틀음 소리에 민망스러워
자릴 털고 다짐받고 나서면
시기동 이웃집 발바리는 죽어라고 짖어 댄다

야! 이 야속한 종족아
나도 너와 같던 시절에는
부족한 게 아무 것도 없었단다
따뜻한 아랫목에서 조청을 바른 인절미는 늘어졌고
비오는 날 오후면 김치 부침개도
어머니의 손에서 즐거웠지
별빛 쏟아지는 칠월의 평상에서
큰곰자리 작은곰자리 별 이야기는
더더욱 즐거웠지

제자 하나 더 두자고
이 골목 저 골목 기웃거린다고
네 종족과 다를 게 없다고 넌
조소하며 짖어 대지만
그래도 난
군자의 인생삼락을 느끼며 살고 있는
이 시대의 교육자란다

가로수 옆 공중 전화 박스 속에서
나의 제자를 찾는
고결한 종족이란다


슈퍼마켓 17인치 칼라 티비에선
대선주가大選株價가 춤을 추는데
강선생 이선생의 풀기 없는 양복
후줄근한 넥타이가 축축한데
공중 전화 수화기 잡은 손이
정말 시리다

# 자주독립

세월이 하 수상하기도 하다

우리 경제의 지축이 흔들리고
우리의 얼굴에 먹구름의 근심이 가득할 때
수구초심首邱初心은 이렇게 생겨나는 것일까
서울에서 가방장수로 잘 나갔다던 친구는
그랜저 버리고 지친 육신을 달래가며
학교 앞 통닭구이를 하고
어떤 친구는 정리해고 당한 덕분으로
여섯 박자로 끝나는 부르스 탱고 지르박을
흘러간 가요에 맞추어 정교한 동작으로
맵시 있게 소화해 내고
어떤 친구는
석고상처럼 굳어 버린 얼굴 펴고 싶어서인지
칠십년대 이후로 마셔 본 적이 없다는 막걸리에
항시 빨갛게 젖어 있으니

확실히 세월이 하 수상하기는 하다

그래도 이런 친구는 행복한 친구이기도 하다
국제구제금융이 나라 경제를 뒷받침하기 위해
태평양을 건너오기도 전에

가게 주름살이 늘어난다는 걸 어떻게 알아차렸는지
어떤 마누라는
국경선 없는 사랑 찾아서
어디론가 훌훌 가버렸으니
하기야, 허리가 가늘기로 소문난 개미 같은 미물도
장마나 천재지변이 감지되면
더 높은 곳으로 살림을 옮긴다던데
어찌 만물의 영장이 경제지변을
미리 감지하지 못했을까


또 어떤 친구는 바둑으로 하루를 소일하고
그래도 주머니 사정이 좋은 친구는
짜장면 한 그릇으로
친구의 시장끼를 면해 주니 아직은
훈풍이 주변에서 돌기는 하는데
이제 비로소 이천 년이라는 이십세기 끄트머리 달력을
한 장 두 장 넘길 때마다 시원하다는 생각은커녕
서글퍼지는 것은 또 무엇 때문일까
경제가 추락할 때마다 얼굴이
어두워지는 것을 인정하면서도
끝없이 추락하는 인면수심人面獸心으로 가득 찬
우리 사회의 그늘을 보기 때문일까

오늘 아침 뉴스의 톱기사

보험금 타기 위해 자신의 두 ○○을 자르게 하다

# 수능시험

잎을 대지에 뿌린 채
야윈 몸뚱어리로 바람을 막고 선
겨울나무 숲 속의 나무, 그 정적처럼
아이들은 무거운 표정으로 그 정적을
가슴으로 받아들이고 있다
영화 속에서만 볼 수 있던 폭풍전야의 고요랄까
칼날 앞에 선 정적이랄까
머리칼은 그가 기다려 온 날들만큼 곤두섰으며
그의 얼굴은 그가 선잠 자던 날들만큼
납빛으로 변하였다
아마 지금쯤이면
그의 부모들도 침묵하고 있으리라

텃밭에서 김장용 배추포기 나르다가
보리 파종한 논 둘러보며 풍년을 꿈꾸다가
하늘을 보다가, 땅을 보다가
아무런 의심 없이 깊은 한숨 내쉬다가
공들여 온 날들을 흐린 눈으로 클로즈업시키다가
장면전환을 시키다가

아직도 유리창에 편집된 겨울 나무들이
바람에 흔들리고 있다

입시 한파의 겨울 눈발을 운명으로 맞이하는 나무들처럼
학생들은 이 시대가 밤을 새며 만들어 놓은
문을 위해
그 문풍지를 위해
마지막 시험을 치르고 있는 것이다

# 아파트가 서던 날

학교 앞 논두렁의 억새풀이 흰 꽃으로 피기 전
아파트가 무서운 짐승의 형상으로
땅 속을 비집고 나오면서
멀리 여유롭던 능선과 구름 위
햇살 속에서 은혜 받던 깎아내린 서래봉 봉우리가
우리의 시야에서 사라졌다
또 망치 소리는 연일 지축을 흔들어 대며
학교 진입로마저 덩달아 파헤쳐지기를 1년여
이맘때면 늘 소녀처럼 수줍음 타던 길가의 코스모스가
오늘은 자취도 없이 사라지고
볼썽사나운 건축자재는 도로 가장자리에서
야광 눈의 인줄을 치고 부라리고 섰다
우리들의 자동차가 밤고양이처럼
굴착된 도로 옆을 곁눈질로 비껴 가는 사이
학교 교문을 빠져 나온 어린 가슴 하나는
또 빗속을 걸으며 고통스러워하고 있다
언제쯤 우리에게도 좋은 날은 있는 걸까
파헤쳐진 흙두덩이를 조심스레 돌아서면
이십 층짜리 쥐색 콘크리트 건물은
한 줄기 겨울 바람을 무던히도 막고 서서
숨가쁜 어린 가슴 하나를
또 억누르고 섰다

# 황사처럼

황하에서 불어오는 황사처럼
의식은 하늘 끝까지 막히어 있다
차라리
정지된 시간 속에 갇히어 있으면
혈류血流의 고통은 아예 없으련만
하루종일 땅을 일구고 뒤돌아봐도

내 시간은 어제처럼
황사 속에 뒹굴고 있다

# 다랑이

개울을 건너 억새풀 날리던 길을
얼마나 많은 세월 오고갔을까
소나무 잎사귀에 매달린 고드름이
적막으로 녹아 떨어지는 산길
산새 날갯짓만 인기척으로
푸드렁거리는 길
얼마나 많은 시름 안고
이 길을 오고 갔을까

등짝에 쟁기 지고서 아들놈 대학 보내고
한 손에 고삐 잡고서 막내딸
웨딩드레스 곱게 차려 입혔을
농부의 꿈이 무르익은 산골짜기 조업祖業지기
지금은 아무도 돌보지 않아 이름 모를
잡풀만 무던히도 자라나
골바람 맞고 있는 다랑이

어느 시절
어느 그리운 농부가 다시 이곳에
씨를 뿌리고 귀여운 자식 키우며
꿈을 영글게 할거나

시름없는 토끼 똥만 칡넝쿨 아래서
여기저기 어지럽게 널브러져 있네

# 수숫대

너른 밭 한 모퉁이에
아직 추수하지 않은 수숫대가 서 있습니다

가까이 다가가 살펴보니
먼데서 바라볼 때보다 더 초췌해 보였습니다
바람이 할퀸 잎사귀는 아무 방향 없이 나풀거리고
제 기능을 상실한 밑동은 하얀
발등마저 드러내었지만
아직도 땅에 단단히 뿌리 박고서
겨울 바람을 버티는 것이었습니다

그렇습니다
어찌 보면 좋은 토질에서
잘 여문 녀석은
가을 농부의 손에 쉽게 잘려 나가지만
관심 밖이던 못난 수숫대가
겨울 밭을 지키기도 하는 것입니다

오늘은 햇살도 따사롭습니다
발밑으로 내려보이는 텅 빈 겨울 마을이
그대로 평화롭게만 여겨집니다

살다 보면 이렇게 모자란 녀석이
제 터전 오래도록 지키기도 하는 것을

# 적멸寂滅

햇살 속으로
나비떼가 날은다
끝없이 오르던 나비떼
이젠 시야에서 가물거린다
어느 영걸들이
빛의 세상으로 인도되는 걸까
감히 접근도 말라는 듯
빛은 어느 사이
내 눈의 시력을 빼앗아 갔다

제5부

·

# 모란을 보며

# 희 망

푸른 교실로 가꾸기 위해 1인 1점씩을 내기로 했다


선아는
검정 화분에 고추모를 심어 왔다
명순이는
하얀 화분에 봉숭아를 심어 왔다
나영이는
1.5리터의 잘라낸 패트 콜라병에
미나리를 담아 왔다
재숙이와 영심이는
노란 감자를 수반에 담아 왔다
공주는
황토색 고구마를 컵에 받쳐 담아 왔다


날마다 교실에는
디자이너가 꿈인 고추가 자라고 있다
스튜어디스가 꿈인 봉숭아가 자라고 있다
사진작가가 꿈인 미나리가 자라고 있다
치과의사와 아나운서가 꿈인 감자가 자라고 있다
학교 선생님이 꿈인
황토빛 고구마가 자라고 있다

학교 교문 건너편엔
쥐색 콘크리트 건물이 우리의 가슴을
억수 누르지만
오늘도 교실에선 푸른 꿈들이
푸륵푸륵 푸르게 자라나고 있다

# 모란을 보며

확실히 모란꽃이 예쁘기는 하다
가만히 쳐다보면
비단결처럼 흐르는 모양도 좋고
어떻게 만들어졌는지 알 수 없는 향기는
허공을 나는
봄날의 온갖 벌들을 들뜨게 만들고
내 사월의 빠른 발걸음도
어지간히 묶어 두니
모란은 그 마음마저 아름답다

사실, 겨울 지나면서 불어터지고 꺾여진 줄기를
벌레가 갉아먹은 벌통 속의 소초를
부지런한 일벌이 감쪽같이 땜질하는 것처럼
지난해, 간짓대로 하늘 쳐다보며
감을 따다가 부러뜨린 줄기
동네 강아지 어슬렁어슬렁 새벽같이 와서
쉬 보다 부러뜨린 것같이 비스듬히 누운 줄기
부러지면 부러진 대로 밑동에서
눈을 틔워 꽃을 피우고
접질려진 곳은 접질려진 대로
보이지 않는 끈끈한 액으로 잘 이어
그에 알맞은 작은 꽃을 피우니

어디 내 집의 모란만이 그러하겠는가
이 세상의 모든 꽃가지가 나무줄기가
나름대로 저마다의 꽃을 피우고
열매를 맺기 위하여 보이지 않는 곳에서
가냘프게 작은 몸짓으로도 꽃을 피우니

꽃의 줄기처럼 꽃의 뿌리처럼
엄동설한을 온몸으로 견디면서
가장 낮은 곳으로부터 아름다움을 꿈꾸며
어둠의 땅속을 하얀 손끝 같은 뿌리로
헤쳐 나가면서도 꽃을 피우니
어려움 속에서도 어김없이 더 큰 향기를 만드니

그래서 이 세상이 아름다운 곳인 줄도 모르겠다

# 북한, 그 공존의 마을

지난 밤
가는 눈발로 시작된 눈이
매섭게 마을을 덮치었는지
신작로로 이어지는 마을의 골목마다엔
인기척이 전혀 없다
살풋이 비껴 떨어지는 가지 끝의 눈은
마른 손에서도 녹을 줄 모르고
아직도 귀는
돌담과 나뭇가지에서 공명되는
차가운 겨울 바람 소리에 더욱 꽁꽁 얼어붙었다
이 인간의 마을에서
사람들의 발걸음 소리를 듣게 할 수 있는 건
그래도 실낱같이 내리비치는
인간의 마음뿐이어니

# 집

나에겐 집이 있다
내가 어려서부터 코 흘리며 자란 집
동백꽃이 피고 영산홍이 피고
어린아이의 눈으로 마당은 넓어
뛰어 놀기가 숨이 차던 집
달빛 어린 매화와 배꽃이 돌담을 넘고
모란의 향기가 대문을 돌아 나가면
참, 아버지는 꽃 중의 꽃은 모란이라고 하셨지
꽃잎을 말려 베개에 넣으면
향기가 좋다 하셨던
여름 한나절에는 그늘이 있어 좋은
오래 된 감나무가 있는 집
가을이면 국화 화분 하나로도 한결 뒤안이 환하던

나에겐 집이 있다
지금은 아무도 살지 않아 빈집 혼자서만
빈집 지키는 집
동백과 영산홍은 소리도 없이 피었다 지고
어른의 눈으로 마당은 좁아져
숨이 차 오르는 집
웃자란 매화와 배꽃은 저 혼자서만 달빛을 받고
마당은 이른봄부터 잡초가 우거지는

참, 아버지는 앞산 방장산이 없어질 때까지
사신댔지만
대문은 굳게 잠기어 바람도 들어갈 수 없는
침묵하는 대문 옆 돌담에는 우체부가 놓고 간
색바랜 편지 몇 통만 주인을 기다리는

시詩


직원들이 다 떠나고 홀로 남은 교무실
할일이 많아서
지루하지 않을 것 같았던 토요일 오후
마지막 남은 선생님마저 핸드백 차고 종종걸음으로
오월의 운동장을 썰물처럼 빠져나가자
이 한 몸에 갑자기 밀려오는 이것은
밀물인가 미련인가 무료함인가 몰라하다가
아직 정리하지 않은 시詩를 위해
컴퓨터 자판기를 수적천석水滴泉石으로 내리치다가
아직 귀가하지 않은 학생의 학부형 전화 받고
또 다시 내리치다가
그래, 오늘 일은 내일로 미루지 않는 거야
오늘 끝난 중간고사 주관식 점수를
양약고구良藥苦口로 주다가
문득 스쳐 지나가는 술집 생각하다가
정신이 어지럽고
그래도 주변교사라고 교사 주변을 정신차리고 돌아보다
가
책상에 앉아 보면
사랑은 여기에도 있었던 거야
꼭 사랑한다고 귀에 대고 속삭여 줘야 사랑을 아나

그림 그릴 때 캔버스의 유화가 되고
노래 부를 때 발밑 장단을 잊지 않는

# 별

기적 소리 들으면
가슴 두근거리던 시절이 있었다
널따란 평원만 지나면
뛰어내리고 싶은 마을이 있었다
가슴에 가지 꽃이 피고
내 육신의 하늘이
온통 저녁 안개에 싸였을 때
이 세상의 모든 것이 무의미해져 버렸다

자! 이제 뛰어내리는 거야
뛰어내린다는 것은
하늘에 내 운명을 맡긴다는 것
내 의지를 버렸기에 이미 나의 마음은
평온하다는 것

옥정호에서 흘러내린 물줄기가
푸른 동진강을 만들어
서해로 흘러내리는 냇길을 따라
나 그렇게, 밤길을 따라 평야를 가로질러 갔네
인기척마저도 들을 수 없는 고요한 밤
내 마음속엔 두려움 하나 가지지 않았네
나 혼자였지만 길을 걷는다는 것은

기쁨이란 걸 처음 알았네
나 혼자였지만 어둠 속에서 길을 걷는다는 것은
가슴 뛰는 기쁨이란 걸 처음 알았네

호숫가에서 자신을 발견한 밤 하늘의 별

# 갓밝이

간밤에 비 내리고 천둥 소리 높더니
새벽녘이 되어서야 한결 조용해졌다

눈을 드니
유리창에 그림자가 서성이는데
아마도 희미한 달빛이
여남은 밤을 달래는 중이려니

# 우리들의 영혼

큰 언덕에서는 큰 바람이 불고
작은 언덕에서는 작은 바람이 분다
큰 언덕에서 자란 나무는
그 언덕의 바람을 맞기 위한
몸부림을 크게 하며
작은 언덕에서 자란 나무는 그 언덕에
합당한 작은 몸부림을 계속한다

우리는 이 땅에 태어나
이렇게 두 팔 벌리고 서 있다
백두산을 출발한 백두대간의 위용만큼
우리의 허리는 곧게 섰으며
우리의 팔과 다리는
이 땅의 언덕을 타고 달리기에
알맞은 굵기로 자라났다

우리의 얼굴은 황토빛이며
우리의 귀는 이 땅의 어떤 움직임도
감지할 수 있는 모습으로 쫑긋하다
우리의 눈은 어둠을 헤쳐 나올 수 있는
검은 눈동자이며

우리들의 영혼은 이 땅에 살다 가신
조상처럼 따뜻하고 아름답다

이 땅의 나무들처럼
이 땅에서 빚어진 그 모든 존재처럼

# 근원을 생각함

계곡의 물줄기를 따라 간다

오를수록 작아지는 물의 소리
한 발 더 올라서면
물은 물이 아니고 작은 돌 밑으로
축축한 물기만 손바닥에 묻어난다

나의 실체도 이와 같을까
나의 몸과 나의 영혼도 맨 처음
실로 조그마한 이 골짜기의 축축한 땅에서
묻어나는 물기처럼 시작되었을까

나의 만들어짐이 그러하듯
이십대의 눈물의 방황이 그러하고
마흔의 강물 속에서 허우적대는
내 자신의 영혼이 그러할까

# 대자리

열대야 기후 때문인지 잠을 이루지 못하다가
늦은 시각에야 겨우 잠이 들었다
그런데 이거 왜 이래! 몸뚱이가 이상하잖아
양 골반이 둘러빠지려고 하잖아
왜 그러지 하며 갸우뚱하니 아내는
그건 차게 잔 때문이란다
즉시 나는
네 요놈! 이 대자리 놈!

아마 우리 집 대자리가 이처럼 시원한 것은
저 혼자서 겨울 바람을 다 맞고 자란 까닭일 게다

# 효감천 孝感泉

전라북도 고창군 신림면 외화리에
부모에 대한 효심이 아주 깊은 사내가 있었다는데
때는 조선 성종조 시절
병든 아버지의 등창을 입으로 빨아내고
병환이 위독할 시는 똥을 맛보아 병세를 증험하고
자신의 허벅지 살로 아버지의 병구완을 해오던
오준이란 사내가 있었다는데

어느 날 하늘님은
부모가 돌아가신 뒤로는 묘 옆에 움막을 짓고
가까운 곳에 깨끗한 물이 없어
눈비 맞으며
5리길의 산 너머로 제수물을 길러 다니는
이 사내의 지극한 효성에 감동한 나머지
천둥과 비를 몰고 와
산천 초목도 고개를 들지 못하게 하여 놓고
하늘의 불칼을 전광석화로 내리꽂아
그 메마른 땅에 물이 솟구치게 하더니

또 하루는 하늘님이 시켰는지 아니면
영물이라는 호랑이가 너무 영험스러웠는지
매월 초하루와 보름이면 밤새

사냥을 하여다가
사슴을 물고 와 제수로 바치고 사라지니

아서라, 시방이 어떤 세상인데 이런 일이 일어날라구
자녀 교육을 위한 우리 선조들의
입담 좋은 슬기가 한몫하여 만들어 낸
아름다운 이야기라고 해야 하지 않을까
후에 사람들이 이 샘을 가리켜 효감천이라 하였으며
나라에선 복호가 내릴 정도였다니
어느 정도는 사실에 입각한 이야기가 아닐까

# 온 세상이 이렇게

비온 뒤의 출근길은 깨끗하다

눈을 들어 쳐다본 하늘은 더욱 깨끗하다

교정을 들어서면

하얀 이를 드러내고 웃는 여학생의 웃음 띤 얼굴은

더욱 깨끗하다

# 20세기를 보내며

겨울은
우리를 방안에 가둬 잠그는
북풍으로부터 왔다
언덕은 설원의 햇살처럼
은빛으로 반짝이고
그 언덕을 오르는 길 옆의 바위틈에선
지난 가을의 낙엽들이
축축한 물기에 젖어 있다
우리의 시간은 이렇게 다가오는 것
삶은 또 이렇게
젖어 있는 물기처럼 축축한 것
비록 시간이 우리를
퇴색한 낙엽으로 변모시킬지라도
우리는 또 새로운 아침을 맞이해야 한다
좀더 향긋한 마음으로 몸을 뒤적이며
새로운 봄날을 기약해야만 한다

# 서민들의 삶의 궤적

-류동완 시집《봄의 물》의 세계-

오하근

# 서민들의 삶의 궤적

### -류동완 시집 《봄의 물》의 세계-

오하근(평론가 · 원광대 교수)

시인 아무개는 누구인가를 알기 위하여 우리는 시집의 책 날개(book jacket)에 있는 시인의 약력을 읽는다. 거기에서 우리는 그가 언제 어디에서 나서 어느 학교를 다니고, 무엇을 했고 무엇을 하고 있는가를 읽는다. 그러나 그것은 겉으로 드러난 아무개의 발자취를 읽는 것이지 시인의 인간을 읽는 것이 아니다.

시인 아무개의 시세계는 어떠한가를 알기 위해서 우리는 그의 시집의 앞뒤를 장식하는, 시인 자신이나 주변 인물이 쓴 서문이나 발문을 읽을 수 있다. 그러나 그것은 흔히 그의 시적 자세나 의도, 그의 인간 됨됨이에 의한 그의 시세계의 형성에 대한 좋은 말씀 등을 읽는 행위에 그치는 수가 많다.

우리는 시인과 그의 시를 알기 위하여 이런 보조적인 글을 이용할 수 있으나 그것은 때로 역작용을 일으켜 그 이해를 오도할 수 있다. 판사가 판결문으로만 말하듯이 시인은 시작품으로만 말한다. 그러므로 독자는 시작품(poetry)으로만 시인의 시(poem)를 읽을 수 있다.

시는 상상력의 소산이지만 그 상상력은 시인의 삶의 체험에서 비롯된다. 상상력은 사물을 그대로 표현하는 것이 아니라 이를 변형하여 질서를 부여하는 능력이다. 아무렇게나 흩어져 있는 사물은 시인의 생각과 감정에 의하여 새로운 질서를 부여받아 시로 형상화한다. 이 생각과 감정은 시인의 삶의 체험에 의하여 형성되는 것이다.

류동완의 시집 《봄의 물》은 이러한 시인의 삶의 체험을 가장 잘 드러낸다. 시인이 사물과 만날 때 바로 그의 체험이 사물과 만나서 또 다른 체험을 만들고 그것이 상상력을 통하여 시작품을 만드는 것이다.

류동완의 시는 이 삶의 체험의 근원 탐구로부터 시작한다.


> 남들보다 더 모질게 산 탓일까
>
> 이제는 몸 하나 성한 데 없다
> 심지어는 딱딱한 발바닥에서
> 굳은살까지 자라고 있다
> 자라나면 잘라내고 자라나면 잘라내고
> 그런 일이 가끔 이루어지던 어느 날
> 아니, 면도날로 베어 낸 굳은살에도
> 문양이 새겨져 있다니
> 깊게 자르면 자른 대로
> 안 자른 부분의 문양과 잘 이어져
> 처음처럼 똑같이 자라나고 있다니
>
> 썩은 부분을 칼로 자르고 지우개로 내 이름을
> 빡빡 지운다 하여
> 나는 내가 아닐 수가 없는 것이다
>
>          − 〈족문을 보고〉


이는 발바닥에서 자라나고 있는 굳은살을 면도날로 베어내다 거기에 나타나는 문양(족문)을 보고 그 속에 새겨진 출신의 비밀과 모진 삶의 바탕을 깨닫는 자아의 발견이다.

　이 시작품은 모진 삶에 대한 탄식, 그 삶에서 결과된 아픈 몸과 굳은살의 자람의 서술, 그것을 제거하자 나타나는 문양에 대한 놀람, 거기에서 깨달은 내가 나일 수밖에 없는 존재의 발견 등을 진행 순서대로 나열하고 있다. 이는 연과 행만 바꾸어 놓았을 뿐 그대로 늘여 쓴다면 산문이나 다름없다. 그런데 이 소박한 언어가 어떻게 시가 될 수 있는가.

　이 시작품의 제목은 〈족문을 보고〉이다. 이 시는 '족문'이나 혹은 그럴듯한 딴 이름으로 그에 대한 심오한 철학을 논하자는 것이 아니라 단순히 그것을 보고 느낀 감상을 적자는 것이다. 이 역시 소박한 생각이다.

　우리 개개인의 타인과 다른 정체성은 과학적 방법에 의한 지문의 확인으로 알 수 있다. 현대과학은 DNA라는 유전자 감식을 채택하기도 한다. 족문의 확인은 감식의 또 다른 방법이다. 이 족문은 우리 몸의 가장 하층 부분, 그래서 가장 천시당할 수밖에 없는 운명인 발바닥에 새겨진 내가 나일 수밖에 없는 표지이다. 더구나 이 시적 화자의 것은 그조차도 모진 삶에 인한 굳은살로 가리워진 것이다.

　이 시작품의 첫 연은 '남들보다 더 모질게 산 탓일까'라는 한 행으로 되어 있다. 이 언술에는 모진 삶의 원인인 세상에 대한 원망이 없다. 다만 타인과 비교하여 나의 삶이 더 모진 사실을 탄식하고 있을 따름이다. 운명이다. 이 탄식의 발성은 긴 한숨의 시간만큼 긴 휴식을 가지기 위하여 한 연의 무게를 유지한다.

　둘째 연은 '이제는 몸 하나 성한 데 없다'로 시작한다.

이는 '이제는 이 "한"몸조차 제대로 다스리지 못하고 그 어느 "한" 군데도 온전한 데 없다'의 의미이다. '하나'는 이렇게 둘의 의미를 가지는 중의적인 시어이다. 그래서 '심지어는 딱딱한 발바닥에서 굳은살까지 자라고 있다.'

땅을 딛고 삶을 누려야 하는 사람의 발바닥은 누구나 딱딱하다. 그러나 정도의 차이가 있다. 팔봉 김기진은 〈백수(白手)의 탄식〉을 읊었지만 누구는 '연족장(軟足掌)의 탄성'을 발할 만한 이도 있을 것이다. 전족한 중국의 여인이 그럴 만하다. 그러나 논에서 일하는 농부의 발바닥은 실로 칼로 찔러도 피 한 방울 나지 않을 정도로 두껍다. 화자의 발바닥은 거기에 굳은살마저 돋아나는 것이다. 모질게 산 탓으로 닳아져야 하는데 화자의 발바닥은 오히려 두꺼워지는 아이러니가 여기 있다.

이 '남들보다 더 모질게', '몸 하나', '딱딱한 발바닥', '굳은살' 등이 〈족문을 보고〉라는 제목이 보이는 천대받는 하층민의 모진 목숨을 확인하는 정체성을 이루어 이 시를 시답게 하고 있다. 여기에 연과 행의 배치가 공헌하고 있다. 산문이면서 시, 시이면서 산문이 되는 언어는 워즈워드의 진정한 시어, 즉 농부의 언어인 것이다.

끝 연은 거의 직설적인 단정으로 이루어졌다. 사실 직설적인 언어는 시의 언어가 아니다. 시는 비유와 상징의 언어이다. 이 '족문' 역시 타고난 숙명을 의미하는 상징의 언어이기도 하다. 그러나 이렇게 숙명적으로 타고난 자아를 발견하고 인식하는 순간은 오히려 직설적인 언어가 효과적일 수 있다. 시의 언어는 배제가 아닌 포괄의 언어인 것이다.

　　나의 실체도 이와 같을까
　　나의 몸과 나의 영혼도 맨 처음
　　실로 조그마한 이 골짜기의 축축한 땅에서
　　묻어나는 물기처럼 시작되었을까

　　나의 만들어짐이 그러하듯
　　이십대의 눈물의 방황이 그러하고
　　마흔의 강물 속에서 허우적대는
　　내 자신의 영혼이 그러할까

— 〈근원을 생각함〉

화자는 '계곡의 물줄기를 따라간다.' 그러다가 물줄기가 끝나는 자리에서 물기만 묻어나는 축축한 땅을 보고 물의 근원을 가늠하고 자신의 근원을 유추하는 것이다. 유추라지만 화자는 이미 자신의 근원이 몇 방울의 성호르몬인 것을 알면서도 짐즛 모르는 체하는 듯하다. 하긴 어린이들도 다 아는 걸 왜 모를까.

그러나 문제는 출생뿐만 아니라 20대의 방황과 40대의 세파 속에서의 표류의 원인 규명에 있다. 이 모든 것이 인과응보인 것이다. 그것은 내 탓이다. 이를 성찰하려는 의지, 이것이 이 시의 의미이다.

이러한 나와 나의 삶의 근원 찾기는 확대되어 〈우리들의 영혼〉에서는 민족의 뿌리를 국토와 합일시킨다. 이는 또 다른 신토불이 정신이다. 이제 이를 사물에 적용한다. 사물의 속성은 돌연변이가 아닌 한 그 근원에 바탕하고 있다. 그래서 〈눈꽃〉의 거침없음, 〈나리꽃〉의 기다림, 〈벼〉의 여름 속의 성장, 〈보리〉의 겨울 속의 울음 등은 모두 근원 찾기의 결과물이다.

우리 몸뚱아리의 가장 하층 부분인 발바닥의 굳은살 속

에서 자신의 신분을 확인하는 화자는 이 땅의 밑바닥에서 모진 삶을 누린 농민의 자식이다.

> 햇살이 빛나는 시월의 밭언덕
> 새벽부터 시작된 가을 노동은
> 해거름까지 계속되고 있다
> 경운기는 거친 호흡으로 고랑을 넘고
> 그 경운기 따라, 밭에서 골라낸 자갈을 싣는 허리가
> 굽혔다 폈다하기를 수백 번
> 서산에 해 지고 동산에 달 떠오를 때
> 원평 작은아버지의 허리는 어느새
> 한 자루의 굽어진 낫이 되었다
> 어둠 속에서도 빛나는
> 한 자루의 굽어진
> 하얀 낫이 되었다
>
> — 〈농부・1〉

　이 시작품은 아이러니의 시어로 가득 차 있다. '햇살이 빛나는 시월의 밭언덕'의 '가을 노동'은 즐거운 결실의 노동이어야 한다. 그러나 사실은 '밭고랑에서 골라낸 자갈을' 싣는 고달픈 노동이다. '일락서산(日落西山)에 해 떨어지고 월출동령(月出東嶺)에 달이 솟아'는 남녀간의 사랑가에 흔히 등장하는 민요 구절인데 여기서는 '서산에 해 지고 동산에 달 떠오를 때'까지 풍요를 저해하는 돌덩이 골라내기의 고달픈 노동에 적용되어 있다. 경운기의 거친 호흡은 농부의 거친 숨소리를 대신하고 있다. 결실에 써야 할 '굽어진 낫'은 쓸모없이 내버려져 있는데 어처구니없게도 작은아버지의 허리가 이러한 낫이 되어 버렸다. 시작품의 처음에서는 햇살이 스스로 빛을 내는데 끝에서는 굽어진

하얀 낫이 어둠 속에서 빛을 발하고 있다. 이 어긋남의 언어가 아이러니이다.

'어둠 속에서도 빛나는 한 자루의 하얀 낫'은 무엇인가. 그것은 단순한 노동의 영광과 고통일 수도 있다. 이 경우 '빛나는'은 내년의 풍요의 약속이다. 그것은 이른바 백의 민족의 농부 된 숙명의 고된 삶일 수도 있다. 이 경우 '빛나는'은 허울뿐인 영광이다. 그것은 낫같이 굽어진 초승달과 추수의 연장인 낫과 굽어진 허리를 가진 이 땅의 부지런한 농부의 합일일 수도 있다. 자연과 인간과 사물과의 조화, 이는 이 땅의 농부 된 보람을 느끼게 하는 최고의 경지이다. 그것은 또한 분노의 상징일 수도 있다. 우리는 구소련의 붉은 깃발에 그려진 섬찟한 낫을 기억한다. 그러나 그 섬찟함은 당연한 분노이다. 분노는 운명을 개척하려는 또 다른 의지의 발로이다.

농민의 자식으로서의 화자는 같은 서민층에 대한 따뜻한 눈을 가진다.

> 느티나무 모정에서 허리를 펴며
> 젖은 가슴 젖은 세월로 살아온 노인네
> 변치 않은 모습과 어둔한 말투로
> 어젯밤 꿈속에서
> 자네 아버님 나허구 얘기했네 하는
> 잃어버린 시간을 다시 찾게 해주는 곳
>
> — 〈가평리 · 2〉

아마도 가평리는 화자의 고향인 듯싶다. '젖은 가슴 젖은 세월'에서 '젖다'의 생략된 부사어는 '눈물에', '세파에', '인정에' 등일 것이다. 노인네는 그렇게 세파에 젖어 눈물에 젖으면서도 인정에 젖어 인고의 삶을 살아왔지만 변치 않는 모습과 어둔한 말투로 사자와의 꿈속의 대화를 말한다. 어둔한 말투는 오히려 진실하다. 논어에도 ‘교언영색(巧言令色)이 선의인(鮮矣仁)이니라’ 하여 달콤하게 잘하는 말을 경계하고 있다. 생자와 사자가 만나고 과거와 현재가 만나는 곳이 고향이다. 그러한 고향에서 노인네는 인고의 세월을 잊고 사자와도 만나 우정을 이어가며 모정에서 허리를 펴는 여유를 지닌다.

그러한 고향은 슬픈 사연과 함께 인정을 지닌 착한 사람들이 살고 있다. 고향이 아니라도 우리의 농촌은 그런 사람들의 주거지이다. 옛날에 잘 다듬어진 숲속의 밭은 ‘그러나 지금은 주인 잃은 밭이 되어 잡초더미만 죽어라고 우거졌네’(〈금밭등〉). 그러나 그곳에는 농산품 값에 항상 속으면서도 다시 새로운 작물을 심다가 아예 밭을 논으로 바꾸는 호동 할아버지(〈농부·2〉)가 있고, ‘남의 집 좋은 일만 해주시다 가셨다’(〈석수장이 오수 어른〉)는 장인이 있고, ‘받는 것보다 주는 것이 더 많은 집’ 주인(〈두상이 아저씨〉)이 있고, ‘우리는 이곳을 떠나믄 안 되야’ 하고 고향을 지키는 마을 영감(〈가평리·1〉) 등이 살고 있다.

화자는 더러는 현실의 고통을 말하기도 한다. IMF 사태 때문에 자살하거나 고통받는 사람들 (〈꽃씨〉, 〈자주독립〉), 학교의 시야를 가로막는 아파트 (〈아파트가 서던 날〉), 신입생 유치에 동원되는 교사(〈신입생 유치〉) 등 주변의 고통을 전달하고 있다. 그러나 서민들의 생활이 아무리 어렵더라도 화자는 희망을 버리지 않는다.

나의 뒤뜰에
빨갛고 하얗게 핀 저 아름다움을 가리켜
나는 꽃이라 한다

나의 까만 밤하늘에 박혀
금강석처럼 빛나는 저 밝은 빛을 가리켜
나는 별이라 한다

그 꽃과 별 사이에서
봄 여름 가을 겨울을 오손도손 살아가는 우리들을
나는 사람이라 한다

- 〈이념〉

이 짤막한 몇 마디가 어떻게 시가 될 수 있는가. 그것이 아이러니의 비밀이다. 시는 아이러니의 언어인 것이다.

이 시작품에서 가장 강하게 작용하는 아이러니의 힘은 시제와 본문 사이의 갈등에서 나온다. '이념'이란 사전의 풀이대로 '이성으로부터 얻은 최고의 개념으로 온 경험을 통제하는 주체'이다. 이런 거창한 철학적인 제재를 사용하여 꽃을 꽃이라 하고 별을 별이라 하고 우리를 사람이라고 하는 뻔한 사실을 가리키는 데에 우리는 어처구니없어 한다. 더구나 '꽃은 아름답다, 별은 밝다, 사람은 오손도손 산다' 따위는 이성적으로 판단된 명제가 아니다. 이는 감성의 작용에 근거한다. 그러면서도 우리는 '산은 산이요 물은 물이로다'처럼 법어 같은 감동을 받는다.

이 시작품은 오히려 역설로 이루어져 있다. '아름답지 않은 것은 꽃이 아니다, 밝지 않은 것은 별이 아니다, 서로 정답게 살지 않으면 사람이 아니다'라는 명제를 역설적으로 표현한 것이다. 그 꽃은 뒤뜰에 피고 별은 밤하늘에 박힌다. 이는 소외의식을 의미하는지도 모른다. 그러나 비록 소외되었지만 이 아름다움과 밝음의 자연 속에서 정답게 살아가는 것이 사람이다. 그러므로 사람이 사람다워야 사람이다. 사람이 사람이면 모두가 사람인가, 사람이 사람이어야 사람이 사람을 사람이라고 한다. 이것이 소박한 서민들의 이념일 수밖에 없다.

이러한 이념을 지닌 사람은 희망을 가진다. 이 이념의 실현이 곧 희망이다. 태풍이 지나간 자리 그 '무너진 돌담 밑에선 장미꽃 봉오리가 아침 햇살 속에 단단히 맺혀 있다'는 사실에서 복구를 꿈꾸는 것이다 (〈폐허 속에서〉). 갯벌은 '만신창이가 다 된 몸뚱어리로도 끊임없이 새 생명을 키우고 있다'(〈갯벌〉). 가난한 학생들이 모인 '교실에선 푸른 꿈들이 푸르게 자라나고 있다'(〈희망〉).

이러한 자기 탐구에 의한 서민 의식의 발로, 서민들의 삶과 바람이 함께 나타난 작품에 〈봄의 물〉이 있다.

해가 지고
별은 하늘에서 돋는다
바람은 대지를 적시고
그 대지가 키워낸 나무들의 귓불마저
간지럽히자 이제 서서히
땅이 풀리기 시작한다

거기에서 물은 자연스럽게 자라난다

산꼭대기에서 출발한 바람이
계곡에서 자연스럽듯
바위틈 풀뿌리에서 시작한 물은
또한 그곳에서 유연하다

눈빛으로 별들을 유혹하며
입김으로 아침 안개를 만들면서

- 〈봄의 물〉 1장

해가 뜨면 그 볕으로 땅에서는 풀이 돋는데 해가 '지면' 그 어둠으로 하늘에서는 별이 '돋는다.' 비가 대지를 적시면 풀과 나무가 자라는데 바람이 대지를 '적시면' 물이 '자라난다.' 가장 높은 곳 산꼭대기에서 출발한 바람이 자연스럽게 계곡을 휘젓듯이 가장 옹색한 곳 풀뿌리에서 시작한 물도 그 계곡에서 유연하게 활동한다. 하찮은 물은 벌써 자라 그 흰 바탕으로 별들을 내려오게 하여 그 흐름에 별빛을 부서뜨리고, 수증기를 증발시켜 안개를 만들어 아침을 마련한다. 봄바람의 결과인 봄물은 그 원인인 봄바람과 동행한다. 그렇게 물은 자란다.

물의 근원은 바위틈 풀뿌리이다. 그렇게 열악한 조건 속에서 태어난다. 물은 계곡까지 이르는 동안 온갖 고통을 겪지만 어느 정도 큰 물이 된 이제는 여유롭다. 이는 서민의 근원과 삶과 바람을 함께 보여준다. '풀뿌리'는 민(民)을 일깨워 주기도 한다.

계곡을 타고 내리던 물은
이제 적당한 웅덩이에서
잠시 멈춰 선다
설핏 지나가는 햇살에 눈웃음 짓기도 하고
동행하던 바람소리에 고개를 갸우뚱도 하면서
흘러가는 구름과
소박한 손을 내미는 여린 나뭇가지들을
온몸으로 붙잡는다

이제 서서히 그는
거울이 된다

- 〈봄의 물〉 2장

　이제 물은 웅덩이에서 정지하여 휴식을 취한다. 타의에
의하여 계곡을 따라 달리던 물은 휴식하면서 자의식을 갖
는다. 햇살과 바람은 왜 나와 같이 휴식을 취하지 않는가
를 생각한다. 햇살에 눈웃음을 짓는 것은 반사작용이고
바람소리에 갸우뚱하는 것은 여린 물결의 일어남으로 타
의에 의한 것이지만 자기가 주체가 되어 이들을 객체화한
다. '흘러가는 구름'은 물의 원천이고 '여린 나뭇가지'는 물
의 공급처이다. 자기를 살찌게 하고 남을 살찌게 하는 사
회의 기능을 물은 모두 적극적으로 수용한다. 그래서 '온
몸으로 붙잡는다.' 마침내 물은 바람조차도 잠재우고 이들
을 투영하는 투명한 반사체가 된다.


꿈으로 이어진 길
먼 하늘의 우레는
그의 기억 속에서만 가물댄다
바람소리도 들리지 않고
두근거리던 심장 박동도
그 무엇을 위한 시간처럼
잠시 경건해진다. 그 순간 거기에서 달은
멱감는 여인처럼
그의 알몸을 하얗게 드러낸다


달은 자신의 몸을 부드럽게 매만지며 잠시
물에 드러눕기도 하고
물에 기대기도 한다
달의 이런 성스러운 아름다움에 도취한 숲속의 나무들

131

은
　호흡을 가다듬고
　긴장과 고요로 바라본다

　그러나 달은 한 점 부끄럼이 없다

– 〈봄의 물〉 3장

'먼 하늘 우레'는 비를 불러 이 물을 있게 한 근본일 수도 있고 이 물이 폭포를 이루어 떨어지는 사나운 물의 시절의 아우성일 수도 있다. 바람 역시 대지를 녹여 이 물에 생명을 주어 '심장박동'을 일으키게 한 근원이다. 이 우레소리도 바람소리도 심장의 박동 소리도 달의 출현을 맞아 그 순간 경건해져 멎는다. 이 순간을 위하여 물은 '꿈으로 이어진 길'을 달려왔다. 그 순간 숲속의 나무 역시 숨을 죽인다.

'그 무엇을 위한 시간'은 어떤 거룩한 의식, 어쩌면 풍요 의식 중의 성적 행위의 재현 같은 것인지도 모른다. 물과 달과 여인이 합일하는 것은 그 부드러움과 풍요로움 때문이다. 물론 물과 달은 여성 상징이다. 풍요한 대지를 이루는 곡식을 낳기 위하여 성적 행위 전에 목욕재계함은 '성스런 아름다움'이다. 부끄럼이 있을 수 없다.

　달이 산머리에 불끈 솟아오르자
　숲속은 이내 소란해지기 시작한다
　둥지 속의 새들은 날개를 움직여
　낮의 비행을 잠시 만끽하기도 하고
　새롭게 태어난 바람은 소년처럼
　골짝으로 내리달리기 시작한다
　언덕은 은빛으로 반짝이고

게으른 눈만 깜박이던 부엉이는
저공으로 밤의 비행을 시작한다

이제 온 숲속은
야간 투시경 속의 무대가 된다

- 〈봄의 물〉 4장

물의 거울은 달 같은 위대한 것만을 위한 것이 아니다. 하찮은 새둥지의 새들의 날갯짓을 비추고 밤의 새인 부엉이 저공 비행의 모습도 비춘다. 숲속은 경건한 순간을 위한 고요를 강요당하지 않고 소란스럽다. 바람은 물과 함께 잠잠했다가 다시 일어난다. 물과 숲과 바람과 새가 어울려 생명이 충만한 삶을 이룬다. 이것이 서민들의 삶의 터전인 세상이다.

〈봄의 물〉은 바슐라르의 〈물과 꿈〉에 부치는 시이다. 그러나 우리는 바슐라르의 4원소론과는 관계없이 이 시작품의 자체의 아름다움을 그 의미의 해석을 통하여 살피면서 화자의 근원 탐구와 서민적인 삶의 가치와 그 이념의 세계를 추출해 보았다.

류동완의 시는 서민의식에 바탕한다. 그는 그 뿌리를 추적하면서 그가 가난한 농민의 자식임을 자각한다. 이 서민의식이 과거로 회귀할 때 유년기의 즐거운 농촌생활이 전개되고 현재로 복귀했을 때 피폐되었지만 인정 어린 농촌의 현실이 펼쳐진다. 그러나 현실이 아무리 괴롭더라도, 인고의 세월을 견디면서도 삶을 이어온 이 땅의 서민들의 낙천적인 세계관처럼 좌절하지 않는다. 비바람 속에서 꿈과 바람을 키워 온 것이 이 땅의 서민이다.

이 서민의식이 자연에 투영되었을 때 자연과 인간은 하

나가 된다. 자연은 인위의 대립어이다. 인위적인 귀족적인 삶에 비하여 소박한 서민의 삶은 자연 그 자체이다. 류동완의 시는 이러한 이 땅에 사는 서민들의 삶의 궤적을 가식 없는 시어로 엮어낸 것이다.